# Analyse de l'œuvre

Par Thibaut Antoine

# Les Choses

de Georges Perec

# Rendez-vous sur lepetitlitteraire.fr et découvrez :

Plus de 1200 analyses
Claires et synthétiques
Téléchargeables en 30 secondes
À imprimer chez soi

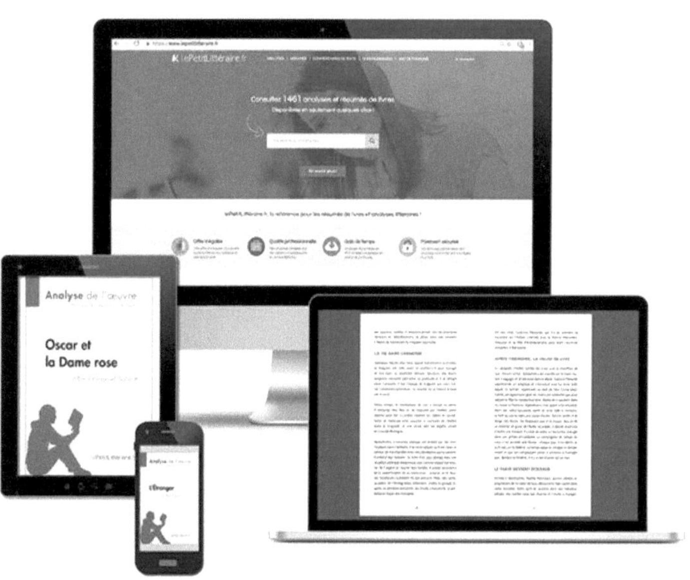

# GEORGES PEREC

## ÉCRIVAIN FRANÇAIS

- **Né en 1936 à Ivry**
- **Décédé en 1982 à Belleville**
- **Quelques-unes de ses œuvres :**
- *La disparition* (1969), roman
- *W ou le souvenir d'enfance* (1975), roman
- *La vie, mode d'emploi* (1978), roman

Les parents de Georges Perec (né Peretz), Juifs d'origine polonaise, émigrent à Paris dans les années 1920. Perec n'a que quatre ans quand son père, mobilisé, meurt au combat, et sept ans à la mort de sa mère en déportation.

Il suit sa scolarité à Paris, où il effectue une première psychanalyse (il en suivra trois tout au long de sa vie). Après l'obtention du bac, il commence des études d'Histoire qu'il abandonne assez vite.

Entre 1957 et 1961, il écrit plusieurs romans, tous refusés par les éditeurs. Il lui faut attendre 1965 pour voir son premier roman publié, *Les Choses*, récompensé par le prix Renaudot.

Il rejoint l'Oulipo (Ouvroir de LIttérature POtentielle) en 1967, groupe de littéraires et de mathématiciens qui lui permettra de développer ses potentialités à travers l'écriture à contrainte. Cette pratique d'écriture, en imposant une règle à la rédaction d'un texte (par exemple le logo-rally, qui consiste à placer un certain nombre de mots dans un ordre défini, le palindrome, le lipogramme, le sonnet, etc.), vise paradoxalement à libérer l'imagination Perec se consacre alors exclusivement à ce type d'écriture. Son roman *La disparition* reste indépassable : un roman lipogramme, écrit sans la lettre « e ». Dans la contrainte, son écriture ne cessera de se diversifier.

C'est avec *La vie, mode d'emploi* (1978), prix Médicis, qu'il atteint la reconnaissance du grand public.

Georges Perec est un écrivain protéiforme. Tout au long de sa vie, il n'a cessé d'explorer avec toujours plus d'inventivité les quatre champs qui nourrissent son écriture : fictionnel, autobiographie, sociologique et ludique.

# *LES CHOSES*

## UNE PHOTOGRAPHIE DES ANNÉES SOIXANTE

- **Genre :** roman
- **Édition de référence** : *Les Choses, Une histoire des années soixante*, Paris, 10/18, 2002, 177 p.
- **1re édition :** 1965
- **Thématiques :** société de consommation, années soixante, nouveau roman, sociologie, vie quotidienne, désir, bonheur

*Les Choses* parait en 1965, chez l'éditeur René Julliard. Il reçoit le prix Renaudot l'année de sa parution.

Son esthétique se rapproche de celle du Nouveau Roman. Ses thèmes empruntent à la sociologie. C'est l'un des premiers livres en France à traiter de la société de consommation.

Perec y décrit le rapport qu'un couple entretient aux choses qui l'entourent, rapport en grande partie médiatisé par la publicité. Il scrute le quotidien de ce couple banal, qui représente l'archétype d'une certaine petite bourgeoisie parisienne des années soixante (la « classe moyenne » actuelle). La France des années soixante est marquée par les Trente Glorieuses et la guerre d'Algérie ; c'est la décennie de l'émergence de cette société marchande qui deviendra bientôt la « société de consommation », et qui aboutira à Mai 68.

À sa sortie, le livre ne passe pas inaperçu : certains critiques y voient un livre pauvre, sans intrigue, avec des personnages sans profondeur ; d'autres en revanche saluent chez Perec ses qualités d'observateur de la société. Mais à l'époque, on le considère davantage comme un sociologue que comme un écrivain.

Dans un entretien radiophonique avec Étienne Lalou (émission *Le goût des livres* du 7 décembre 1965), Perec dit de son roman qu'il est l'étude d'un milieu et non de personnages. Ce serait un roman d'avant l'existence qui décrit une « terre inconnue » sur laquelle s'érigeraient les personnages. Il le caractérise comme un « préroman. »

Le livre est aujourd'hui encore considéré comme une référence sur le thème de la société de consommation.

# RÉSUMÉ

*Les Choses* se composent de trois parties inégales :

- La première, composée de dix chapitres et qui représente plus de la moitié du livre, se déroule, à l'exception de quelques passages en province, à Paris ;
- La deuxième, plus courte, composée de trois chapitres, a pour cadre la ville de Sfax, en Tunisie ;
- L'épilogue raconte la fin de l'épisode tunisien, le retour à Paris, puis un départ pour Bordeaux.

Le livre s'ouvre sur la description, en sept pages, d'un appartement bourgeois. De nombreux détails sont évoqués quant à la taille des pièces, aux meubles et objets décoratifs qui s'y trouvent, à l'aménagement, aux finitions, etc. Ce premier chapitre expose de manière détournée la quête des personnages : devenir propriétaire d'un tel appartement.

Sylvie et Jérôme, les deux personnages principaux, un couple d'une vingtaine d'années, vit à Paris. Après de courtes études interrompues, période pendant laquelle ils vivent dans une précarité financière qui ne fera qu'alimenter leur désir d'une vie plus confortable, ils commencent à travailler comme enquêteurs (psychosociologues) pour des agences de publicité. Leur travail, à temps partiel, consiste à interroger des consommateurs sur leurs habitudes (« Aime-t-on la purée toute faite et pourquoi ? [...] Comment votera la Française ? Aime-t-on le fromage en tube ? » [p. 30]). Sortis de leur chambre de bonne, Sylvie et Jérôme emménagent alors dans un petit appartement rue Quatrefages, dans un confort tout relatif. Mais très vite, leur logement ne leur suffit plus, ils sont frustrés de ne pouvoir acquérir les biens qu'ils convoitent et que la société marchande propose ; ils rêvent d'autre chose. Toutefois, malgré ces frustrations, ils sont capables de savourer des plaisirs simples, comme celui de marcher dans la rue une nuit d'été sous la pleine lune, ou de rêver.

De par leur profession, ils sont parfois amenés à voyager en province. Leur travail ne les passionne pas, mais ils s'en contentent, car ils bénéficient d'assez de temps libre pour flâner, imaginer une autre vie dans les rues de Paris, à la recherche de vitrines, de magasins, d'antiquaires, bref, d'objets à désirer. Ils refusent toutefois de se soumettre aux impératifs et aux contraintes du monde d'un travail qu'ils jugent aliénant (bien qu'elles leur permettraient d'acquérir ces choses tant convoitées). Ils préfèrent leur illusoire liberté et rêver dans la frustration. Perec ne cache pas à ce propos qu'il s'est inspiré du Flaubert de *L'Éducation Sentimentale.*

Dans le contexte de la fin de la guerre d'Algérie, des attentats éclatent, en Algérie comme en France. Sylvie et Jérôme entrent dans un comité antifasciste et prennent part à quelques manifestations, mais abandonnent rapidement leur engagement, car ils ne se sentent pas vraiment concernés.

Ils passent du temps entre amis, pour une soirée à boire, pour un repas, ou un film au cinéma. Toutes leurs fréquentations travaillent dans la publicité, et partagent avec le couple ce même attrait pour les objets de consommation et pour l'idéal de vie hollywoodien.

Le couple, conscient de l'aliénation dans laquelle il se trouve (désirer les choses sans rien mettre en place pour les posséder), saisit une opportunité d'expatriation : Sylvie se voit offrir un travail à Sfax, en Tunisie. Ils y resteront huit mois, le temps d'une année scolaire.

Sylvie y travaille en tant que professeure de français. Jérôme, qui n'a pas de travail, erre dans les rues de cette ville hostile, impersonnelle, qui ne leur évoque rien, notamment car les références de leur culture y sont absentes. Le couple, qui se sent étranger à ce monde, ne parvient pas à se faire d'amis, tant dans la communauté française d'expatriés que chez les Tunisiens.

Après une année scolaire difficile, ils décident de rentrer en France, où ils finissent par accepter la direction d'une agence à Bordeaux. Ils parviendront à devenir propriétaires de l'appartement et des objets tant convoités, à entrer dans une certaine bourgeoisie, en conservant toutefois une nostalgie de leur vie passée.

# ÉTUDE DES PERSONNAGES

## LE PERSONNAGE PRINCIPAL : UN COUPLE

Seuls deux personnages sont identifiés dans le roman : Sylvie et Jérôme. Les amis du couple ne sont pas nommés : comme des choses, ils sont interchangeables.

Sylvie et Jérôme représentent l'individu de la classe moyenne : pas assez pauvre pour ne pas être tentés par les objets que fait miroiter la publicité ; et pas assez riche pour assouvir tous les désirs que crée ladite publicité. La classe moyenne que décrit l'auteur rêve de richesse et peut, sous certaines conditions, s'enrichir. Elle semble renvoyée à la responsabilité de sa réussite, comme de son échec. Elle est libre. C'est de ne pas pouvoir choisir, et donc de ne pas pouvoir renoncer, que le couple semble souffrir.

## Des « anti-personnages »

Dans la majeure partie du roman, Sylvie et Jérôme apparaissent comme une entité indifférenciée. L'utilisation du pronom ils renforce cette indifférenciation. Perec opte pour un couple, et non pour deux personnages principaux distincts : en les dépersonnalisant, Perec évite la « psychologie des personnages » et parvient à dépeindre une classe sociale davantage que des protagonistes. Le couple s'apparente à des entités statistiques, à l'image de ce « jeune homme théorique » présenté pages 62 et 63. (Notons que « Sylvie » est le prénom féminin le plus attribué en France pendant la première moitié des années 60.)

À l'image de leur objet d'étude (la consommation), Sylvie et Jérôme sont eux-mêmes fascinés par toutes sortes d'objets. Le couple enquête sur des individus qui pourraient être eux-mêmes : des consommateurs. Et, par un subtil jeu de mise en abime, l'auteur, qui affirme s'être inspiré de sa propre vie pour écrire Les Choses, se positionne en sociologue observant ce couple évoluer dans ce milieu parisien – milieu qui était le sien à l'époque de la rédaction du livre.

Tout ce que l'on sait des personnages tiendrait en quelques lignes. Ils n'ont pas de vie intérieure, pas d'affects, on ne sait presque rien de leur histoire (sinon qu'ils n'appartiennent pas à une classe sociale aisée), rien de leurs émotions. « L'histoire avait choisi pour eux. » (p.26) On ne sait rien de leur amour l'un pour l'autre. On ne les découvre qu'à travers les choses qu'ils convoitent, comme en négatif. La seule dispute qui éclate tient en quelques lignes (p. 67) et le motif en est l'argent : quand ils n'ont plus d'argent, ils se dressent l'un contre l'autre.

Ils ajustent leur vie sur des images stéréotypées : il en résulte qu'eux-mêmes deviennent des personnages stéréotypés. Leurs comportements, leurs corps, leurs désirs, leurs gestes, leurs aspirations, sont calqués sur le monde qui les entoure ; ce sont ceux de la mode et de la publicité, dont le journal *L'Express* représente l'étalon. Les films hollywoodiens, dont Perec connait le pouvoir quasi « mythologique » des images, sont aussi très présents. Sylvie et Jérôme n'ont pas d'autre désir que ce qu'on leur permet de désirer. Plus que la possession des objets, c'est l'image d'eux-mêmes possédant les objets qui les anime.

Leurs amis – rappelons qu'ils sont tous des collègues travaillant dans la publicité – semblent ne tenir que par un goût commun des objets de consommation, et par le discours sur ces objets (« ils s'enthousiasmaient pour une valise – ces valises minuscules, extraordinairement plates, en cuir noir légèrement grenu, que l'on voit en vitrine dans les magasins de la Madeleine... » [p.22] : le choix de l'objet « valise » est une métaphore de leurs enthousiasmes : une valise, aussi belle qu'elle soit, est un objet vide). Ils s'imitent les uns les autres. Ils partagent les mêmes rêves, les mêmes ambitions, dans une quasi-indifférenciation, « s'enchantant [...] de la ressemblance de leur histoire et de l'identité de leurs points de vue » (p. 38). Ils partagent la même (pseudo) intériorité, faite de « souvenirs d'enfance [qui] se ressemble[nt], comme [sont] presque identiques les chemins qu'ils [ont] suivis, leur lente émergence hors du milieu familial » (p. 46)

Les rares moments d'abandon où ils pourraient s'ouvrir les uns aux autres (et à eux-mêmes), et ainsi dévoiler quelque chose d'une identité propre sont qualifiés de « presque rituels », c'est-à-dire artificiels, joués. Ces aspects existentiels des personnages sont à rapprocher des choses tant convoitées : choses reproduites en grand nombre, anonymes tant qu'on ne les possède pas.

## Entre lucidité et mauvaise foi

Pourtant, certains passages montrent que, malgré une certaine liberté du couple qui a été rappelée, une tonalité tragique traverse le texte : Sylvie et Jérôme, bien que décrits par l'auteur sans psychologie, prennent conscience de leur aliénation à ce système qui les dépasse : « Ils se sentaient enfermés, pris au piège, faits comme des rats » (p. 60). Les amis, les choses, la publicité, les films américains, la mode, tout cela constitue un système dont il leur est impossible de s'échapper. Quand la lucidité les gagne, il semble qu'une certaine profondeur les habite. Cette « profondeur », lieu de leur singularité, c'est celle de la conscience d'être aliéné, conscience qui les déborde par sursaut, et dont ils ne savent que faire, sinon de tenter de l'oublier aussitôt. « Ils savaient, bien sûr, que tout cela était faux, que leur liberté n'était qu'un leurre. » (p. 61)

Le regard (omniscient) du narrateur sur la condition d'aliénation dans laquelle se trouve Sylvie et

Jérôme rend plus grinçants les petits mensonges qu'ils se font à eux-mêmes. Au chapitre VII de la première partie, le couple fait une promenade dans Paris pour « lécher les vitrines ». Le lendemain, au travail, dans un passage au style indirect libre (les propos sont donc attribuables au couple) qui témoigne d'une certaine mauvaise foi, les consommateurs (leurs sujets d'enquête) sont qualifiés de « gens qui croient aux marques, aux slogans, aux images qui leur sont proposés ». En écho à Flaubert, l'ironie traverse le livre, pointant la « bêtise » du couple.

Le couple se situe donc au point de rencontre entre l'indétermination (personnages peu individualisés) et une certaine lucidité qui le traverse quant à sa propre condition. Perec peut dans une même page nous dire une chose et son contraire, comme pour montrer à quel point sont puissants les mécanismes que nous mettons en place pour ne pas voir notre propre condition.

# CLÉS DE LECTURE

## UN « PRÉ-ROMAN » ENTRE ANALYSE SOCIOLOGIQUE ET NOUVEAU ROMAN

*Les Choses* empruntent à l'analyse sociologique des années soixante quelques-uns de ses thèmes (et un certain regard), et au Nouveau Roman la distanciation d'avec les formes romanesques traditionnelles. Les années soixante sont marquées par une volonté de renouveau, tant en littérature qu'en sciences sociales. Plus précisément, la sociologie se penche vers de nouveaux objets d'étude (la vie quotidienne, la jeunesse, les problèmes soulevés par la modernisation de la société, les loisirs, etc.) ; certains écrivains quant à eux (notamment ceux associés au Nouveau Roman), en réaction à une littérature réaliste de type balzacienne, mais aussi à la littérature engagée dont Sartre représente la figure emblématique, se replient sur une écriture qui tend à se retirer du monde et à privilégier l'exploration de la vie intérieure, de la conscience. « Le roman n'est désormais plus l'écriture d'une aventure, mais l'aventure d'une écriture », disait Jean Ricardou en 1963.

## Une critique de la société de consommation ?

Par les thèmes qu'aborde le livre et son style objectif et impersonnel (qui, à la manière d'une étude sociologique, tend parfois au compte-rendu) on retrouve dans *Les Choses* certains aspects du réalisme : les obstacles (financiers comme culturels) que rencontre la petite bour-geoisie dans son aspiration à l'élévation sociale, la vie quotidienne (thèmes qui mobilisent l'inté-rêt des sociologues de l'époque).

La portée sociologique des *Choses* a été saluée par les critiques de l'époque de la sortie du livre. Perec s'inscrit dans la lignée de *L'homme unidimensionnel* d'Herbert Marcuse (philosophe et sociologue américain d'origine allemande) : la « société industrielle avancée » conditionne les individus à travers la création de besoins illusoires que véhiculent par les médias et la publicité, et qui aboutissent à une aliénation de l'individu : l'individu *unidimensionnel.* Notons

que le Perec des *Choses* sera salué par les sociologues des années soixante-dix (Jean Baudrillard,
Pierre Bourdieu), qui reconnaitront leur dette à
son égard.

On peut donc lire *Les Choses* comme une critique
de la société de consommation naissante. Perec,
tendant à une certaine objectivité dans son style,
s'abstient de toute visée moralisante. Il semble
s'arrêter à la description, il n'interprète pas, nous
laissant seuls, nous lecteurs, à même de juger.
Toutefois, bien que le narrateur, par la distance
qu'il garde avec ses personnages et son propos,
se situe loin de toute littérature explicitement
engagée, le texte est traversé par une ironie qui
révèle qu'il n'est pas toujours aussi neutre. La
fin du livre est toute à l'image de cette position :
Sylvie et Jérôme parviendront enfin au statut
qu'ils convoitaient (en écho au premier chapitre
du livre qui annonçait la « quête » des personnages : la propriété d'un appartement bourgeois),
mais le « repas insipide » qu'ils prennent dans le
train nous laisse seuls pour juger si cette solution
est satisfaisante...

# Connotation et dénotation

Une autre influence est notable : celle des *Mythologies* (1957) de Roland Barthes, grand sémiologue et critique littéraire français, auxquelles Perec doit, outre le thème de son livre, une certaine approche de l'objet de consommation en tant que vecteur de sens et de valeurs. Perec, comme Barthes avant lui, attribue aux choses un surcroit de sens, mettant ainsi l'accent sur la connotation au profit de la dénotation.

### DÉNOTATION ET CONNOTATION

La **dénotation** renvoie à la valeur explicite d'un terme, elle en est le sens objectif, celui que nous donne le dictionnaire.

La **connotation** est implicite, elle renvoie à un surcroit de sens et ne peut être comprise que dans la mesure où lecteur et l'énonciateur partagent une culture commune. Elle confère à un texte sa portée interprétative.

Barthes affectionnait le nouveau roman ; Perec quant à lui à se méfiait d'une littérature exclusivement tournée vers la recherche formelle. Si, à certains égards, on peut rapprocher *Les Choses* du nouveau roman (l'intrigue y est réduite, les personnages sont peu étoffés – tant psychologiquement que physiquement –, et le narrateur s'exprime sur le ton d'une certaine neutralité) ce rapprochement montre ses limites. De par les sujets qu'il aborde, le livre, nous l'avons vu, est tourné vers le monde extérieur, comme s'il se faisait le récit réaliste d'une partie de la population française, alors que le nouveau roman tend à se retirer de toute préoccupation réaliste.

Mais surtout, si dans le nouveau roman (chez Alain Robbe-Grillet par exemple, un des auteurs français à l'origine du mouvement), les objets ne renvoient qu'à eux-mêmes, sont envisagés comme surface, dénués de profondeur, donc exclusivement « dénotés », Perec au contraire dans Les Choses porte son « effort sur les résonnances, les connotations. » (PEREC, G., Entretiens et Conférences, 1965-1978, p. 42). En cela, Perec s'éloigne du Nouveau roman et rejoint le Barthes des Mythologies.

Entre une sociologie empreinte de réalisme et une littérature trop formaliste (« l'art pour l'art »), Perec explore, comme le propose Manet Van Montfrans, une « troisième voie ».

# L'ÉQUIVOCITÉ DES CHOSES

Si les personnages des *Choses* sont des êtres sans psychologie, la meilleure façon de les appréhender ne passe-t-elle pas par le biais des choses qui les entourent ?

*Choses* : l'équivocité du terme est vertigineuse. Tout ou presque peut-être chose. Le narrateur prend position : il les évoque du point de vue du couple. Les choses sont avant tout ce que Sylvie et Jérôme en font, elles sont ce vers quoi tendent leurs rêves, leurs usages, leurs manques, leurs envies.

La première partie foisonne d'évocations de choses : objets décoratifs ou du quotidien, meubles d'antiquaires, vêtements anglais, mais aussi nourritures, voyages, lieux, disques, films, livres,... Ces évocations prennent parfois la forme d'énumérations (on connait l'affection de Perec pour les listes), procédé qui accentue une impression d'étouffement des personnages (et du lecteur) sous le poids des éléments cités. L'énumération, en posant tous les signifiants sur un même plan, tend à réduire les mots à des choses : les mots de la liste deviennent comme des objets posés sur la page.

## Les choses rêvées

Dans la description de l'appartement bourgeois qui ouvre le livre, Perec emploie le conditionnel, nous indiquant par ce moyen que cette description n'est qu'un rêve, celui d'un *ils* encore indéfini. Alors que l'intérieur de l'appartement richement meublé est décrit avec précision, les personnages sont désignés par un pronom ne renvoyant, à ce stade du livre, à personne. (On apprendra au chapitre II qu'il s'agit du couple Sylvie et Jérôme).

Chaque objet, chaque meuble de l'appartement, aurait été choisi avec soin (souvent, des antiquités, symboles d'une richesse qui *aurait toujours été* la leur). Dans un tel environnement, tout désir, à peine né, serait aussitôt comblé ; la frustration, l'attente, auraient disparu. D'emblée, le couple se situerait à ce point d'équilibre entre désirs et moyens, état qu'ils appellent « bonheur » et qui leur permettrait d'aller « à l'aventure » (p. 15) « Le confort ambiant leur semblerait un fait acquis, une donnée initiale, un état de leur nature » (p. 14.). Mais le conditionnel pointe l'irréel de cette situation. L'enjeu pour les personnages sera donc de passer de l'irréel au réel, ou, en d'autres termes, de posséder réellement les choses.

Mais avant de mettre en œuvre les moyens pour accéder à cet horizon, la rêverie sera le lieu privilégié de la jouissance des protagonistes, en ce sens flaubertiens, le lieu où les choses, comme des mirages, s'exaltent sans limite, loin des contraintes de la réalité. Le chapitre X de la première partie décrit une rêverie hyperbolique qui débute dans une ferme pour glisser vers un monde d'opulence, féérique et luxueux, où « tout ce qui se mange et tout ce qui se boit leur [est] offert » (p. 96), reliant ainsi deux mondes, celui de la ferme (métaphore de la réalité quotidienne) et celui des « merveilles » de leur imagination. Mais quand la description se termine, quand les visions s'évanouissent et que les choses se retirent, le couple se retrouve vide, dans la solitude et le sentiment d'être écrasé.

Les choses sont présentées comme des mirages, avec toute l'ambivalence qui les caractérise : le plaisir de fuir dans l'imaginaire et son pendant, la souffrance dans la réalité.

## Les choses possédées

En travaillant comme psychosociologues, Sylvie et Jérôme atteignent un relatif pouvoir d'achat.

Ils peuvent alors jouir *réellement* des choses – et non plus seulement en rêve –, dans une quête de plaisir, d'ivresse, de boulimie de cette nourriture « consommable, tout de suite » (p. 51). Cette appétence n'a pas pour seul motif les satisfactions corporelles. Les choses sont, tout autant que sources de plaisir, signifiantes. Leur besoin, que créé entre autres la publicité, est aussi ostentatoire. Elles sont la marque d'une position sociale, de ceux qui peuvent suivre la mode, qu'illustre la présence redondante du magazine *L'Express*. Sylvie et Jérôme, en sortant de la précarité de leur situation d'étudiant, « commencent à comprendre ce qu'[est] un honnête homme » (p. 36), et cherchent à se comporter comme s'ils l'avaient toujours été.

## L'ambivalence

Cet attrait du couple pour les choses n'est pas monolithique. Il se double de méfiance. Les choses sont aussi, pour le couple, ce qui corrompt. Si l'un de leurs amis se voit offrir un poste plus convenable, des responsabilités, une promesse de confort matériel, Sylvie et Jérôme ne tardent pas à le considérer comme un traître (dans un élan de mauvaise foi). Les choses sont des chants de sirènes. Mais ce rejet de ceux qui ont « réussi » masque mal l'incapacité du couple à renoncer à cette part de liberté qui leur donnerait la possibilité de jouir de ce que la société propose. En témoigne ce passage, teinté d'ironie : [Sylvie et Jérôme] n'étaient pas loin de penser que leurs anciens amis étaient en train de se faire avoir » (p. 84).

## Les choses et l'absurde

Dans la deuxième partie du livre, qui se déroule à Sfax, la présence des choses semble moins marquée. À l'instar de Sylvie et Jérôme, étrangers en Tunisie, les choses leur sont devenues comme étrangères. Le couple apparaît lui-même comme une chose parmi les autres. À l'extérieur de leur maison, dans les rues rectilignes de Sfax, les choses sont comme des significations flottantes et dénuées de sens, sans intérêt. Leur portée symbolique disparaît, un sentiment d'absurde domine.

« Aucun de ces objets [...] ne leur donnait une impression de richesse » (p. 128). Comme pour se protéger d'un monde devenu hostile, Sylvie et Jérôme installent sur une natte, à l'intérieur de cette maison impersonnelle trop grande et froide qu'ils louent, quelques objets rassemblés, dans un « étroit périmètre » : livres, bibelots, disques… choses qui portent avec elles une partie de leur histoire, les relient à un passé (idéalisé), à leurs rêves, dans une frêle continuité qui fait l'identité. La surface de la natte apparaît comme une « zone protégée » dans un monde étranger. Elle est pour eux comme un autel représentant Paris, leur vie d'avant, à la limite du sacré.

On pourrait formuler ainsi la dichotomie entre les deux parties du livre : dans la première partie (la plus longue, et ce n'est pas un hasard) Sylvie et Jérôme se dispersent dans les choses qu'ils ne possèdent pas ; dans la deuxième partie, ils se rassemblent autour du peu qu'ils ont.

Dans l'épilogue, sorte de *happy end* ironique, le couple possède enfin les choses tant désirées. Mais le sarcasme de l'excipit « le repas qu'on leur servira sera franchement insipide », nous renvoie, sans trop d'équivoque, à l'impossibilité d'un bonheur qui serait entièrement assujetti à la possession des choses.

# TEMPS DE L'IRRÉEL ET DE L'INACCOMPLI : LE RAPPORT AU DÉSIR

## Une vie au conditionnel

On trouve dans Les Choses de nombreuses occurrences du conditionnel, notamment dans la première partie. Riegel et coll. dans la Grammaire méthodique du français, identifient deux valeurs du conditionnel : le conditionnel temporel et le conditionnel modal.

### Le conditionnel temporel

Comme le futur exprime l'avenir par rapport à une situation d'énonciation au présent, le conditionnel présent temporel exprime l'avenir par rapport au passé (« ils décidaient [...] que [...] les solutions [...] viendraient d'ailleurs » [p.69]. On parle de futur du passé.

Si le conditionnel permet la concordance des temps avec une verbe introducteur au passé, il s'emploie également dans l'expression du discours indirect libre. Cet emploi est récurrent dans Les Choses, où le discours indirect libre est omniprésent. Par exemple, la phrase « Leur vie aurait été un art de vivre » [p.16], peut être comprise comme un énoncé attribué au couple : « Notre vie aura été un art de vivre », transposée au discours indirect libre. Ce procédé, en brouillant les marqueurs de l'énonciation [on ne sait pas toujours si c'est le narrateur qui s'exprime ou les personnages], contribue à maintenir le doute sur la position du narrateur [est-il un rapporteur objectif ou prend-il position ?], mais permet également d'accéder, de biais, à certains aspects de la vie intérieure des personnages.

## *Le conditionnel modal*

Le conditionnel modal quant à lui exprime un irréel [situation imaginaire] ou un potentiel [situation possible]. Il est habituellement introduit par la conjonction « si », mais pas nécessairement. Dans Les Choses, on trouve de nombreux conditionnels modaux, présent ou passé : « la vie qu'ils *auraient aimé* mener » [p. 48]. Cet emploi du conditionnel met l'accent sur l'aspect irréel, rêvé, déconnecté de la réalité, qui anime tout au long du livre les personnages. Les personnages vivent *au conditionnel*.

## L'imparfait, temps de l'inaccompli

En contraste avec le conditionnel, mode de l'imaginaire, Perec utilise l'imparfait [et plus rarement le passé simple] pour décrire la réalité du couple : « Ils n'avaient que ce qu'ils méritaient d'avoir » [p. 16].

C'est dans son aspect itératif [qui exprime la répétition, l'habitude] que ce temps est le plus souvent utilisé. Perec joue l'imprécision en n'explicitant pas les circonstances et contextes des actions décrites : « Ils adoraient boire, d'abord, et ils buvaient beaucoup, souvent, ensemble » [p. 48]. Marcel Proust, à propos de l'utilisation massive de l'imparfait dans *L'Éducation sentimentale* de Flaubert [auquel, rappelons-le, Perec doit beaucoup], indique que ce temps est comme « un long rapport de toute une vie, sans que les personnages prennent pour ainsi dire une part active à l'action » [« À propos de style de Flaubert », in Contre Sainte-Beuve…, p. 590]. On pourrait appliquer cette analyse au livre de Perec.

Mais surtout, l'imparfait est un temps de l'inaccompli.

L'aspect **accompli** considère que l'action, du point de vue du sujet [du verbe], est décrite comme achevée. Il est exprimé par les temps composés [ex : « Jean est parti » : du point de vue de Jean, l'action est terminée].

L'aspect **inaccompli** considère que l'action, du point de vue du sujet, est en cours de réalisation [même si, du point de vue du narrateur, elle est passée]. L'aspect inaccompli est exprimé par les temps simple [ex : « Jean partait » : du point de vue de Jean, et non du narrateur, l'action est en cours de déroulement]

Sylvie et Jérôme, de par leur incapacité à vivre réellement leur vie, vivent, autant que dans le conditionnel, dans l'inaccompli. C'est d'ailleurs le temps privilégié par Perec pour nous faire vivre les rêveries du couple, comme le dernier chapitre de la première partie. Le propre du désir est de toujours manquer sa cible, d'être toujours relancé, de ne jamais pouvoir se fixer pour de bon. En d'autres termes, le désir se situe dans l'inaccompli. Passer de l'inaccompli à l'accompli, tel pourrait être la devise du couple : « ils ne voulaient qu'être arrivés » [p. 64].

## Le futur comme promesse

L'épilogue est conjugué au futur. L'effet de cette rupture temporelle déstabilise le lecteur, car le futur exprime un évènement qui ne s'est pas encore produit. Il sort du récit, il appartient à la sphère du discours du narrateur. De plus, malgré l'aspect assertif que comporte le futur simple, qui sonne comme une condamnation, il n'en demeure pas moins un temps de l'inaccompli [toujours du point de vue du personnage ; mais à cela s'ajoute le fait que pour l'énonciateur l'action décrite n'est pas encore réalisée].

D'un côté, par son aspect prédictif, le futur en un sens promet que l'énoncé sera réalisé. D'un autre côté, l'on sait que toute promesse peut être tenue ou non : l'emploi du futur joue sur l'espoir, chez le lecteur, d'une alternative, d'un avenir différent.

L'emploi du futur est une autre modalité de la fuite du couple : certes, du point de vue du récit, Sylvie et Jérôme sont en passe de rejoindre leur

« destin », annoncé dès le premier chapitre [l'appartement bourgeois], mais le futur nous rappelle à cette impossibilité qui les habite de s'incarner dans le présent. L'emploi du futur, dit Perec dans un entretien radiophonique, « ça gèle » [NOËL, B., *Georges Perec*, Poésie ininterrompue, diffusé par *France Culture* le 20 février 1977].

« Le temps, encore une fois travaillera à leur place » [p. 135]. L'histoire de Sylvie et Jérôme n'est alors plus vraiment la leur, elle est écrite par d'autres : par le narrateur, mais aussi par la société, dont ils ne sont que des rouages. Le futur nourrit l'impression d'une fatalité. Il est impossible à Sylvie et Jérôme d'échapper à ce que le temps, le monde dans lequel ils vivent, les déterminismes sociaux, feront d'eux. Ils sont les jouets d'un destin sociologique.

# PISTES DE RÉFLEXION

## QUELQUES QUESTIONS POUR APPROFONDIR SA RÉFLEXION...

- En quoi la conception du bonheur proposée par Perec est-elle problématique ?
- Par quels moyens et dans quels buts Perec exprime-t-il l'ironie dans le livre ?
- Quels éléments d'intertextualité permettent de relier *Les Choses* à *L'Éducation sentimentale* de Flaubert ?
- Quelles sont les statuts et fonctions des descriptions dans *Les Choses* ?
- Montrez que Sylvie et Jérôme sont enlisés dans le temps.
- En quoi la société décrite par Perec dans *Les Choses* est-elle liée aux évènements de mai 68 ?
- En quoi peut-on rapprocher Sylvie et Jérôme des personnages du Nouveau roman ?
- Selon vous, dans ce livre, Perec dénonce-t-il la société de consommation ?
- Effectuez le commentaire du premier chapitre de la première partie.

*Votre avis nous intéresse !*
*Laissez un commentaire sur le site de votre librairie en ligne*
*et partagez vos coups de cœur sur les réseaux sociaux !*

# POUR ALLER PLUS LOIN

## ÉDITION DE RÉFÉRENCE


- *Les Choses, Une histoire des années soixante*, Paris, 10/18, 2002.


## ÉTUDES DE RÉFÉRENCE


- Émission radiophonique. Perec, G. in *Le goût des livres — Georges Perec*, 7 décembre 1965.
- THOREL, S., « *Les Choses*, ou le comble du réalisme », *Roman 20-50* 2011/1 [n° 51], p. 59-72.
- RIEGEL et coll. [1994]. *Grammaire méthodique du français*. Paris, PUF, 1994.
- HEIM M., « Oblique et contrainte : ce que recèlent Les Choses de Georges Perec ». Thélème. Revista Complutense de Estudios Franceses, 32[1], 59-70.
- VAN MONTFRANS, M., *Georges Perec : la contrainte du réel*, Amsterdam-Atlanta, Rodopi, 1999.
- REMY M., « Penser et représenter la société des années 1960. Les Choses et Un homme qui dort comme tentatives de littérature réaliste critique », Roman 20-50 2011/1 [n° 51], p. 27-38.

- NOËL, B., *Georges Perec*, Marseille, André Dimanche éditeur, 1997 ; transcription de l'entretien radiophonique dans le cadre de Poésie ininterrompue, diffusé par *France Culture* le 20 février 1977.
- PROUST, M., « À propos de style de Flaubert », *Essais et articles*, in *Contre Sainte-Beuve...*, Paris, Gallimard, coll. « Bibliothèque de la Pléiade », 1971.
- ROUMETTE, J., « Quand la fin paralyse le début, ou l'impossibilité de commencer chez Perec, des Choses à La Vie mode d'emploi », *Fabula/Les colloques*, Le début et la fin, 2007.
- PEREC, G., *Entretiens et Conférences, 1965-1978*, Paris, Joseph K. Éditeur. Ouvrage publié avec le concours du Centre National du Livre, Volume I, 2003.

## SOURCES COMPLÉMENTAIRES

- BARTHES, R., *Mythologies*, Paris, Seuil, 1957
- MARCUSE, H., *L'homme unidimensionnel, Essai sur l'idéologie de la société industrielle avancée*, trad. par WITTIG, M., Paris, Minuit, 1968
- BAUDRILLARD, J., *La société de consommation, ses mythes, ses structures*, Paris, Gallimard, 1968

# SUR LEPETITLITTÉRAIRE.FR

- Fiche de lecture sur *W ou le souvenir d'enfance* de Georges Pérec.

**DUMAS**
• Les Trois
  Mousquetaires

**ÉNARD**
• Parlez-leur
  de batailles,
  de rois et
  d'éléphants

**FERRARI**
• Le Sermon sur la
  chute de Rome

**FLAUBERT**
• Madame Bovary

**FRANK**
• Journal
  d'Anne Frank

**FRED VARGAS**
• Pars vite et
  reviens tard

**GARY**
• La Vie devant soi

**GAUDÉ**
• La Mort du
  roi Tsongor
• Le Soleil des
  Scorta

**GAUTIER**
• La Morte
  amoureuse
• Le Capitaine
  Fracasse

**GAVALDA**
• 35 kilos d'espoir

**GIDE**
• Les
  Faux-Monnayeurs

**GIONO**
• Le Grand
  Troupeau
• Le Hussard
  sur le toit

**GIRAUDOUX**
• La guerre de
  Troie
  n'aura pas lieu

**GOLDING**
• Sa Majesté des
  Mouches

**GRIMBERT**
• Un secret

**HEMINGWAY**
• Le Vieil Homme
  et la Mer

**HESSEL**
• Indignez-vous !

**HOMÈRE**
• L'Odyssée

**HUGO**
• Le Dernier Jour
  d'un condamné
• Les Misérables
• Notre-Dame
  de Paris

**HUXLEY**
• Le Meilleur
  des mondes

**IONESCO**
• Rhinocéros
• La Cantatrice
  chauve

**JARY**
• Ubu roi

**JENNI**
• L'Art français
  de la guerre

**JOFFO**
• Un sac de billes

**KAFKA**
• La Métamorphose

**KEROUAC**
• Sur la route

**KESSEL**
• Le Lion

**LARSSON**
• Millenium I. Les
  hommes qui
  n'aimaient pas
  les femmes

**LE CLÉZIO**
• Mondo

**LEVI**
• Si c'est un
  homme

**LEVY**
• Et si c'était vrai…

**MAALOUF**
• Léon l'Africain

**MALRAUX**
• La Condition
  humaine

**MARIVAUX**
• La Double
  Inconstance
• Le Jeu de l'amour
  et du hasard

**MARTINEZ**
• Du domaine
  des murmures

**MAUPASSANT**
• Boule de suif
• Le Horla
• Une vie

**MAURIAC**
• Le Nœud
  de vipères

**MAURIAC**
• Le Sagouin

**MÉRIMÉE**
• Tamango
• Colomba

**MERLE**
• La mort est
  mon métier

**MOLIÈRE**
• Le Misanthrope
• L'Avare
• Le Bourgeois
  gentilhomme

**MONTAIGNE**
• Essais

**MORPURGO**
• Le Roi Arthur

**MUSSET**
• Lorenzaccio

**MUSSO**
• Que serais-je
  sans toi ?

**NOTHOMB**
• Stupeur et
  Tremblements

**ORWELL**
• La Ferme
  des animaux
• 1984

**PAGNOL**
• La Gloire de
  mon père

**PANCOL**
• Les Yeux jaunes
  des crocodiles

**PASCAL**
• Pensées

**PENNAC**
• Au bonheur
  des ogres

**POE**
• La Chute de la
  maison Usher

**PROUST**
• Du côté de
  chez Swann

**QUENEAU**
• Zazie dans
  le métro

**QUIGNARD**
• Tous les matins
  du monde

**RABELAIS**
• Gargantua

**RACINE**
• Andromaque
• Britannicus
• Phèdre

**ROUSSEAU**
• Confessions

**ROSTAND**
• Cyrano de
  Bergerac

**ROWLING**
• Harry Potter à
  l'école des sor-
  ciers

**SAINT-EXUPÉRY**
• Le Petit Prince
• Vol de nuit

**SARTRE**
• Huis clos
• La Nausée
• Les Mouches

**SCHLINK**
• Le Liseur

**SCHMITT**
- La Part de l'autre
- Oscar et la Dame rose

**SEPULVEDA**
- Le Vieux qui lisait des romans d'amour

**SHAKESPEARE**
- Roméo et Juliette

**SIMENON**
- Le Chien jaune

**STEEMAN**
- L'Assassin habite au 21

**STEINBECK**
- Des souris et des hommes

**STENDHAL**
- Le Rouge et le Noir

**STEVENSON**
- L'Île au trésor

**SÜSKIND**
- Le Parfum

**TOLSTOÏ**
- Anna Karénine

**TOURNIER**
- Vendredi ou la Vie sauvage

**TOUSSAINT**
- Fuir

**UHLMAN**
- L'Ami retrouvé

**VERNE**
- Le Tour du monde en 80 jours
- Vingt mille lieues sous les mers
- Voyage au centre de la terre

**VIAN**
- L'Écume des jours

**VOLTAIRE**
- Candide

**WELLS**
- La Guerre des mondes

**YOURCENAR**
- Mémoires d'Hadrien

**ZOLA**
- Au bonheur des dames
- L'Assommoir
- Germinal

**ZWEIG**
- Le Joueur d'échecs

L'éditeur veille à la fiabilité des informations publiées, lesquelles ne pourraient toutefois engager sa responsabilité.



www.lepetitlitteraire.fr

ISBN version numérique : 9782808014540
ISBN version papier : 9782808014557
Dépôt légal : D/2018/12603/487

Conception numérique : Primento,
le partenaire numérique des éditeurs.

Ce titre a été réalisé avec le soutien de la Fédération Wallonie-Bruxelles, Service général des Lettres et du Livre.